INSTRUCTION

Pour procéder à la confection du Catalogue de chacune des Bibliothèques fur lefquelles les Directoires ont dû. ou doivent inceffamment apposer les fcellés,

---

A PARIS,

IMPRIMERIE NATIONALE.

1791.

INSTRUCTION

Pour procéder à la confection du catalogue de chacune des bibliothèques sur lesquelles les directoires ont dû ou doivent incessamment apposer les scellés.

———————————

Les catalogues qu'il est nécessaire de dresser, n'ont d'autre objet que de procurer une connoissance exacte de tous les livres, tant imprimés que manuscrits, qui existent dans celles des bibliothèques de chaque département qui font partie des biens nationaux.

Quoique la méthode indiquée ci-dessous pour faire ces catalogues, soit la plus simple & la plus facile, il est cependant essentiel que ceux qui seront chargés de ce travail, aient quelque teinture des lettres, & qu'ils sachent au moins la langue latine.

Avant tout, il faudra qu'ils se procurent une quantité de cartes à jouer suffisante pour y écrire tous les titres des livres, & pour faire des fichets; ces fichets, dont l'usage sera expliqué plus bas, se font en coupant une carte dans sa longueur, en deux ou trois parties.

Il ne faut point que les personnes qui seront intro-

duites dans une bibliothèque pour en dreſſer le cata-
ogue , s'embarraſſent de l'ordre ou de la confuſion qui
peuvent y régner : elles ſont ſûres de bien opérer , ſi
elles ſuivent exactement la méthode ſuivante.

Elles commenceront le travail par la première tablette
ou armoire à gauche , & elles finiront par la dernière , qui
eſt à droite : elles prendront un de ces morceaux ou bandes
de cartes que nous avons appelés fichets , & écriront au
haut le numéro premier , puis elles l'inféreront dans le
premier volume de la première planche de la première
armoire ou rayon , de manière que ce numéro ſorte
tout entier & ſoit bien viſible. Il faut avoir ſoin de re-
plier ſur la tranche du livre cette partie ſaillante du fichet , pour empêcher qu'il ne ſe gliſſe dans l'intérieur du
livre , & ne s'y perde. Si ce volume appartient à un ouvrage qui ſoit en pluſieurs tomes , on ne mettra un fichet
qu'au premier ſeulement.

L'ouvrage ſuivant recevra un ſecond fichet portant numéro 2 ; le troiſième , un troiſième fichet portant numéro 3 , & ainſi de ſuite juſqu'au dernier livre de la
bibliothèque , dont le numéro pourra être 15,000, 20,000,
ou 25,000 , &c. ſi cette bibliothèque contient ce nombre
d'articles.

Quand tous les ouvrages auront été ainſi garnis de fichets numérotés , on paſſera à la ſeconde opération , qui
conſiſte à prendre ſur les cartes les titres de ces livres ;
on répétera ſur la première ligne de la carte le numéro
du fichet de chaque livre ; ainſi la première carte portera
le chifre premier , qui ſera le numéro du fichet du premier
livre ; la ſeconde le chifre 2 , numéro du ſecond livre ; la
troiſième le chifre 3 , numéro du troiſième livre.

À la ſuite de ce n°., écrit en caractères un peu gros , on
tranſcrira exactement le titre du livre ; ou , s'il eſt trop
long , on en fera l'extrait avec le plus de préciſion & de clarté
qu'il ſera poſſible , obſervant d'y faire entrer & les mots qui

caractérifent la matière & les noms de l'auteur, avec le nom du lieu où l'ouvrage aura été imprimé, celui de l'imprimeur ou libraire, la date de l'année & le format du livre, c'eft-à-dire, qu'on marquera, fi c'eft un in-folio, *in-f°.*; fi c'eft un in - quarto, *in-4°.*; fi c'eft un *in-8°.*, un *in-12.*, un *in-16*, &c. On obfervera fcrupuleufement de tirer une ligne fous le nom de l'auteur, ainfi qu'il fera expliqué plus bas.

E X E M P L E.

Œuvres de Bochart, qui font fuppofées être le 49ᵉ ouvrage de la bibliothèque, & porter par conféquent le fichet 49. Le titre de ce livre doit être fait ainfi : « N°. 49, » Samuelis *Bocharti*, opera, Lugduni Batavorum, Boutefteyn, 1772, in-f°. 3 vol. » Ce titre apprend que ce font les Œuvres de Samuël Bochart, de l'édition de Leyde, 1712, en trois volumes in-fol. (Voyez le modèle figuré à la fin, numéro Iᵉʳ.)

Comme il éft effentiel d'avoir, autant qu'on peut, le nom de l'auteur, il faut examiner fi ce nom, lorfqu'il ne fe rencontre pas au frontifpice du livre, ne fe trouve point à l'épître dédicatoire, dans l'approbation, ou même dans le privilége.

Quand on n'aura aucun moyen de découvrir le nom de l'auteur, on copiera le titre ainfi qu'il a été indiqué plus haut, & on foulignera le mot qui fpécifie plus particulièrement l'ouvrage. Si c'eft un livre d'architecture, on tracera une ligne fous ce mot; fi c'eft un livre fur le patrio-tifme, le mot *patriotifme* fera fouligné; fi c'eft une bible, on foulignera le mot *bible*.

E X E M P L E.

« *Biblia* facra, Lutetiæ Parifiorum typographiæ regiæ ✠ 1642, 8 vol. in-f°. » On reconnoît, par ce titre, la bible latine imprimée en 1642 à l'imprimerie royale de Paris, en 8 volumes in-folio. (Voyez à la fin le modèle imprimé , n°. II.)

Si dans l'ouvrage dont on tire le titre, il se trouve des estampes ou des cartes gravées, il faut ajouter ces trois lettres, *fig.* Si les marges sont très-larges, ou plus larges qu'à l'ordinaire, on doit écrire *gr. pap.*, pour indiquer que le livre est en *grand papier.* Enfin si on remarque sur les pages des lignes rouges ou noires, transversales & longitudinales; & y formant comme un cadre, il est à propos d'ajouter ces mots abrégés, *pap. reg.*, c'est-à-dire, papier réglé.

EXEMPLE DES DEUX DERNIERS CAS.

« Monumens de la monarchie françoise, par *Bernard de* » *Montfaucon.* Paris, 1729 & années suivantes, in-f°. *fig.* » *gr. pap. rég.* ». Ces quatre derniers mots abrégés signifient que les gravures qui doivent accompagner cet ouvrage du savant bénédictin, ne manquent pas à l'exemplaire de cette bibliothèque ; que les marges en sont plus larges que celles des exemplaires communs ; qu'il est, comme on dit, en grand papier : enfin les lettres *rég.* avertissent que cet exemplaire est en papier réglé, ce qui ajoute encore à son prix. (Voyez à la fin, le modèle imprimé, n°. III.)

Les livres qui sont imprimés sur vélin ou parchemin, au lieu de papier, seront indiqués par ces lettres, *vél.* ou *par.*

Dans le cas où le livre seroit imprimé en caractères gothiques, dont on a usé dans le quinzième & seizième siècle, on aura soin d'en faire la mention en ces mots : *car. got.*

Si le livre avoit été relié avec une sorte de recherche & de magnificence, il conviendroit aussi de le marquer. Si, par exemple, la reliure étoit en maroquin rouge, on écriroit *mar. r.* ; si elle étoit en maroquin vert ou citron, on mettroit *mar. v.*, *mar. c.*, &c. On abandonne ces derniers détails sur la condition extérieure des livres, à l'intelligence de ceux qui seront employés à ce travail.

Enfin si le livre est incomplet, c'est à-dire, s'il y a des feuillets arrachés au commencement, au milieu ou à la fin, il faut mettre ces trois lettres, *inc.* ; ou s'il manque quelques volumes, au lieu de mettre le nombre de volumes en un seul chifre, on doit mentionner seulement les volumes se trouveront. Ainsi dans l'exemple figuré à la fin pour la carte de la Bible, en 8 vol. in-f°. de l'imprimerie royale, dans le septième volume il manque quelques feuillets, il faut écrire huit volumes in-f°., le septième *inc.* ; c'est-à-dire, incomplet : si, au contraire, le cinquième & le septième manquent absolument, & sont égarés, il faut mettre en chifres détachés, 1, 2, 3, 4, 6, 8 vol. in-f°., ce qui indique suffisamment que le cinquième & septième volumes n'y sont pas. Si ce sont les derniers volumes qui manquent, on peut s'énoncer ainsi : *six vol. in-f°.*, *le reste manque.*

Lorsque les titres de tous les livres auront été copiés sur des cartes, il faudra reprendre ces mêmes cartes pour procéder à une troisième opération, c'est à-dire, pour les ranger par ordre alphabétique d'après les noms d'auteurs, ou d'après les noms caractéristiques de la matière, lesquels se trouveront soulignés.

On commencera par ranger sur une grande table toutes ces cartes, en autant de tas qu'il y a de lettres dans l'alphabet. Par exemple, si le mot capital de la carte qui se présente est *Biblia*, on place cette carte au tas B ; si c'est le mot *Bochart*, on met encore cette carte au tas B ; si le mot caractéristique ou souligné de la carte est *Plutarque*, on la dépose au tas P., & ainsi de suite jusqu'à la dernière lettre de l'alphabet.

Cette première division ne suffit pas ; il faut reprendre

tous ces tas en particulier, pour y ranger dans un ordre
plus régulier chacun des mots qui commencent par la même
lettre, & former ce qu'on appelle l'ordre alphabétique intérieur de chacune des lettres. Ainsi sous la lettre A, *Aaron*
doit être placé d'abord, *Abano* après, puis *Abdias*, *Abul-
feda*, &c. On suit la même marche pour les autres mots
de cette première lettre, jusqu'à ce qu'on soit arrivé au
dernier mot, par exemple, *Aymon*. Cet ordre, comme on
voit, est précisément le même qui s'observe pour disposer
les mots d'un lexique ou dictionnaire.

Il ne sera peut-être pas inutile d'avertir ici, que c'est le
surnom ou le nom de famille de l'auteur qui doit entrer
dans le système alphabétique, & nullement ses noms de
baptême. Il est essentiel, à la vérité, de marquer les
noms de baptême, pour distinguer les uns des autres des
écrivains qui ont été de la même famille, ou qui ont
porté le même nom dans la société, sans être parens;
mais ces noms seront placés entre deux parenthèses après
le nom de famille, à qui seul il appartient d'avoir rang
dans l'ordre alphabétique. Si vous aviez égard au nom
de baptême, l'article de *Bochart* ne seroit pas placé au
B, mais à la lettre S, puisque le nom de baptême de
ce savant est Samuël : il faut donc écrire dans le dictionnaire *Bochart* (Samuël), & non Samuël *Bochart*. D'ailleurs,
on peut prendre pour guide Moréri, le dictionnaire de
l'Advocat, & voir comment ils ont opéré.

Lorsque le paquet des cartes appartenantes à la lettre A
sera arrangé définitivement & de la manière ci-dessus ex-
posée, il faudra percer avec une grosse aiguille enfilée d'un
bout de fil ciré, la première carte par le bas à gauche du
côté qui est écrit.

Pour que l'écriture ne reçoive aucune atteinte de la pi-
qûure de l'aiguille, on aura soin de laisser en blanc la
place où doit se faire cette piqûre, en prenant la pré-
caution de la marquer avec la plume par une ligne demi-

circulaire tracée à l'angle de la carte, comme on peut le voir plus bas sur le modèle figuré.

Le même modèle indique encore qu'il est néceffaire que celui qui copie les titres, laiffe, tant au haut qu'au bas de chaque carte, un espace vuide, dont il fixera les limites par une ligne tranfversale, afin qu'il ne foit pas exposé à prolonger au-delà l'écriture du titre qu'il tranfcrit. Si la place comprise entre les deux lignes d'en-haut & d'en-bas ne fuffifoit pas pour contenir tout le titre du livre, il faudroit l'achever de l'autre côté : dans ce cas, qu'il est aifé de prévoir, le copiste choifira une carte qui foit peu chargée de peinture, telle qu'un as, un deux, &c.

Il prendra enfuite la feconde carte, & l'enfilera comme la première, & ainfi des autres, jufqu'à la dernière. Il faut laiffer le fil un peu lâche, pour qu'il y ait du jeu entre les cartes, & qu'on puiffe les écarter les unes des autres, lorfqu'on voudra les confulter. On obfervera d'arrêter ce fil derrière la dernière carte du paquet, avec affez de foin pour que les cartes ne puiffent s'échapper.

Le premier paquet ainfi difpofé, on paffe au fecond, puis aux autres fucceffivement, depuis C, D, E, F, jufqu'à Z; tous ces paquets une fois enfilés, le catalogue est achevé ; & pour l'envoyer à Paris, il fuffit de faire copier les cartes fur du papier ordinaire, écrivant au haut de chaque page la lettre A tant qu'elle dure, puis le B, puis le C, jufqu'à la fin.

Le catalogue copié fur papier & collationné exacte-ment fur les cartes, reftera au diftrict, & les cartes feront envoyées à Paris dans des boëtes bien garnies de toile cirée en-dedans & en-dehors.

Il ne faut pas oublier, avant d'envoyer les cartes, d'a-jouter en petits caractères au bas de chacune, fur le blanc qui y aura été réfervé, le numéro du département, les trois lettres initiales du nom de la maison & celle de l'ordre religieux, ou du titre de cette maison : ainsi, pour les religieux Minimes, on écrira *R. M.* ; pour les Carmes, *R. Car.* ; pour les Capucins, *R. Cap.* ; pour les Feuillans, *R. F.* ; pour les Chapitres, *Chap.* ; pour les Evêchés, *Ev.* &c.

PREMIER EXEMPLE.

La carte d'un livre de la bibliothèque du chapitre de Lyon, département de Rhône & Loire, qui est le soixante-huitième département, sera ainsi figurée, si le livre est sur vélin.

(On suppose ce livre portant le fichet 49.)

49. Samuelis *Bocharti* opera. Lugduni Batav. Boutesteyn, 1712, in-f°. 3 vol. vél.

) 68ᵉ, Lyon, Lyon, Chap. D. L.

Nota. Le blanc réfervé en haut de la carte doit refter vuide, pour fervir dans le cas où les comités defire-roient faire ajouter quelques numéros ou notes.

Second Exemple.

Pour les cartes de la bibliothèque des Minimes de Brienne, diftrict de Bar-fur-Aube, département de l'Aube, qui eft le neuvième département.

On fuppofe que le premier livre eft la bible de l'impri-merie royale, de 1642, & que cet exemplaire eft en grand papier, en papier réglé & couvert de maroquin rouge.

I. *Biblia* facra. Lut. Paris. Typogr.
reg. 1642, 8 vol. in-f°. gra. pap.
rég. mar r.

) 9ᵉ, Bar, Bri,
R. M.

(12)

TROISIÈME EXEMPLE.

La carte d'un livre portant le n°. 310, de la bibliothèque des Génovéfains d'Ennemont, paroiſſe de Saint-
Léger, diſtrict de Saint-Germain-en-Laye, département
de Seine & Oiſe, qui eſt le ſoixante-douzième département, ſe trouvera, ſelon le modèle ci-deſſous, ſi le
livre eſt avec figures, en grand papier, réglé & couvert
de maroquin vert.

310. Monumens de la monarchie
françoiſe, par Bernard de *Montfaucon*. Paris, 1729 & années ſui-
vantes; in-f°. 5 vol. fig. grá. pap.
rég. mar. vert.

72ᵉ St-Germain, St-Léger,
Gen.

Il eſt encore une autre opération que ceux qui ſeront com-
mis par les directoires à la confection des catalogues des

bibliothèques ; feront bien de mettre en ufage ; fur-tout
fi elles font un peu nombreufes. On leur confeille d'at-
tacher fur les tablettes des livres , de centaine en centaine ,
des étiquettes qui porteront en gros caractères les nombres
100 , 200 , 300 indicatifs des numéros des livres renfer-
més dans cette même tablette ; ces écriteaux peuvent être
faits fur des cartes qu'on fixe au bord de la tablette , avec
une petite pointe , ou même fur une bande de papier
qu'on y arrête avec du pain à cacheter ; ils font très-com-
modes pour faire trouver fur-le-champ le livre dont on
a befoin : par exemple , je veux avoir les fables de La
Fontaine , marquées fur la carte 9451 ; pour les trouver ,
il faut que je cherche le livre dont le fichet porte auffi
le même numéro : cette recherche exigeroit de moi un cer-
tain temps ; je ferois obligé de fuivre , en tâtonnant , la
férie numérique des fichets , jufqu'à ce que je fuffe arrivé au livre que je defire me procurer ; au lieu que
par le fecours des écriteaux centenaires , l'œil me con-
duit tout-à-coup vers 9000 , d'où je paffe auffitôt à
9400. Je fuis affuré que je trouverai les fables de La
Fontaine , ou le livre garni du fichet 9451 , après 9400,
& avant 9500 : je cherche entre ces deux nombres ; &
comme 451 tient le milieu entre 400 & 500 , je m'arrête vers ce milieu , & je mets fans peine la main fur
le livre que je pourfuis. Ce moyen eft , comme il eft
aifé de le concevoir , très-expéditif , & en même temps il
fait voir que la méthode propofée dans cette inftruction peut
être employée avec fuccès pour le fervice d'une très-grande
bibliothèque où régneroit le plus grand défordre , c'eft-à-
dire , où les livres , fur une même matière , feroient dif-
perfés confufément les uns d'un côté , les autres d'un
autre ; c'eft pourquoi on a recommandé aux perfonnes
qui feront chargées de dreffer les catalogues , de fe dif-
penfer de réformer le défordre qu'elles pourroient re-
marquer dans les bibliothèques où elles feroient appelées ,

& d'y laiſſer chaque livre à la place où elles le trouveroient.
Le ſeul arrangement dont elles doivent s'occuper, eſt de
rapprocher les uns des autres les volumes d'un même ouvrage qui ſeroient épars dans la bibliothèque.

Quant aux manuſcrits ou livres écrits à la main, on en
placera le catalogue à la ſuite de celui des livres imprimés.
Il ſeroit ſans doute à deſirer qu'il ſe trouvât ſur les
lieux des perſonnes en état de déterminer le ſiècle où
chaque manuſcrit auroit été écrit; mais comme il eſt
rare d'en rencontrer qui aient cette connoiſſance, il
ſuffira d'indiquer ſi l'écriture du manuſcrit eſt ancienne
ou moderne, ſi elle eſt nette & régulière, ou ſi les
caractères en ſont diformes & difficiles à lire; s'il eſt
ſur vélin ou ſur papier; ſi c'eſt un grand ou petit
in-f°, un grand ou petit in-4°., &c.; quelle eſt la matière
qui y eſt traitée; s'il eſt écrit en grec ou en latin,
en françois ou en italien &c.; ſi chaque page contient une, deux ou pluſieurs colonnes d'écriture, &
ſi chaque ligne eſt appuyée ſur une barre tirée au ſti-
let : ſi le nom de l'auteur s'y trouve, il ne faut pas
l'omettre; ſouvent le copiſte marque à la fin, l'année,
le mois & les jours où il a terminé ſon travail : on ne
doit pas oublier cette circonſtance, elle eſt précieuſe,
puiſqu'elle fait connoître ſans équivoque l'âge du manuſcrit.

Quelquefois un même manuſcrit renferme pluſieurs
ouvrages très-diſparates; il eſt néceſſaire de les indiquer tous ſur la même carte avec le nom de leur auteur, ſi on l'y découvre : on ne doit pas non plus
négliger d'avertir ſi le manuſcrit eſt orné de peintures
ou de miniatures; ſi elles ſont belles & bien deſſinées;
ſi le volume eſt bien conſervé, & ſi les grandes lettres
du commencement des chapitres ſont peintes en or &
en couleur, & bien fraîches.

Enfin si les détails du manuscrit contiennent plus de lignes qu'une carte ne peut en renfermer, on peut substituer à la carte, des quarrés en fort papier d'une grandeur suffisante, qui seroient enfilés de la même manière & dans le même ordre que les cartes, & avec elles, ou tous ensemble si tous les manuscrits exigent ces quarrés de papier.

Nota. Il est presque inutile d'observer, tant pour les imprimés que pour les manuscrits, que s'il ne se trouve pas suffisamment de cartes à jouer dans le lieu où on fait ce travail, on peut y suppléer par des morceaux de papier fort, taillés également ; mais les cartes sont préférables.

Aux Comités réunis d'Administration Ecclésiastique & d'Aliénation des biens nationaux. A Paris, ce 15 Mai 1791.

MASSIEU, *Président du Comité Ecclésiastique ;* DESPATY DE COURTEILLES, *Secrétaire :* DE LA ROCHEFOUCAULD, *Président du Comité d'Aliénation ;* POUGEARD DU LIMBERT, *Secrétaire.*